illustré par Zelda Zonk

Pour Claire
B. F.

Chapitre 1

Les ennuis ont commencé quinze jours après l'entrée en 5e. Ce qui signifie aussi qu'on a eu deux semaines tranquilles. M. Garron, le prof principal, nous a prévenus en distribuant les emplois du temps :

– Votre professeur de français n'a pas été nommé. Je suis désolé, mais vous allez devoir survivre quelques jours sans dictées ni exercices de grammaire.

Déclaration qui a déclenché, bien sûr, un hourra général. M. Garron est notre prof de gym (oh, pardon : d'éducation physique et sportive). Soixante ans, chauve, bedonnant et champion régional de sudoku, il a la réputation de ne pas bousculer ses élèves. Tout le contraire de Cyril

Lanvin, le prof de l'an dernier, qui nous a fait suer et courir sans pitié. Mais je ne dois pas dire du mal de mon futur beau-frère : Cyril est fiancé avec ma sœur, Léonie, et le mariage est prévu fin mars.

Et puis, un lundi à quinze heures, juste après un cours d'histoire-géo plutôt reposant, une petite bonne femme aux cheveux roux coupés court est entrée dans la classe en tirant derrière elle une énorme valise rouge.

– Aidez-moi, les garçons! a-t-elle dit avec son plus beau sourire, en tentant désespérément de faire passer la valise par la porte.

La première à se précipiter a été Katia. Avant que quiconque ait pu réagir, elle a saisi la valise par la poignée et l'a traînée jusqu'au tableau, après avoir lancé à la prof un regard noir qui l'a pulvérisée, ne laissant qu'un petit tas de cendres sur le carrelage… Non, là, je prends mes désirs pour des réalités. La prof, j'en suis sûr, n'a même pas remarqué le regard de Katia, ni compris son message qui, traduit en paroles, donnerait à peu près : « Non mais, espèce de traître à la cause féministe, tu crois qu'il y a que les mecs qui ont des biceps ? »

Nous, on a parfaitement compris et on a applaudi notre camarade. Prenant ça pour elle, la prof s'est inclinée en répétant « Merci, merci, merci », comme une poupée mécanique.

Puis elle a ouvert la valise et en a sorti… des bouquins. Des piles et des piles de bouquins qui ont bientôt couvert tout le bureau. J'ai senti mon estomac se révolter, et ça n'avait rien à voir avec le gratin de nouilles de la cantine.

Toute contente, la prof s'est présentée :

– Bonjour, les enfants (murmure hostile dans la classe) ! Je m'appelle Solenn Croazic et je suis votre prof de français. Désolée de vous avoir fait attendre, les mystères de l'Administration ont retardé ma nomination officielle (petit rire). Mais nous allons rattraper le temps perdu (soupir consterné dans la classe) ! Cette année, nous mettrons l'accent sur l'écriture et la LECTURE !

Vrai, j'ai senti les majuscules dans sa voix : elle a prononcé le mot en détachant chaque syllabe et en articulant exagérément chaque son, comme si elle suçait une olive et en recrachait ensuite le noyau, paf ! direct dans mon assiette.

Silence de plomb dans la salle. Comme j'ai déjà employé le mot « consterné », je dois chercher des synonymes. Voilà : nous étions abattus, atterrés, accablés, terrassés, anéantis, démoralisés, écrasés, affligés… Et ce n'était que le début.

A suivi un interminable discours sur les bienfaits de la LECTURE. Je résume : blablabla blablabla, blablabla. Émilien a piqué du nez. Roméo a peint ses ongles avec des feutres. Coralie a tressé les cheveux de Théo, assis devant elle. À côté de moi, Katia, tranquillement, a sorti un livre de son sac à dos et s'est plongée dans la lecture. J'ai jeté un œil : Agatha Christie, *Le Meurtre de Roger Ackroyd*.

À la fin de son discours, la prof a frappé dans ses mains.

– Eh bien, ne perdons pas de temps, commençons sur-le-champ.

– De carottes ! a fait une voix anonyme (mais je suspecte Roméo, c'est son style de blague).

Ça n'a pas troublé Mme Solenn Croazic. Elle a pris un paquet de livres et en a posé un au hasard devant chaque élève de la première rangée. Puis elle a recommencé à la deuxième rangée, et ainsi de suite. Un pavé a atterri sur ma table : *La Tête dans les mains*, d'une certaine Maïa Chambriz. Sur la couverture, une fille, assise sur une chaise, se tient la tête dans les mains (surprise !). Déprimant. Le texte de quatrième de couverture m'a achevé. « Yaël a causé sans le vouloir la mort de son

frère aîné lors d'une escalade en montagne… »
Je ne suis pas allé plus loin. J'ai seulement vérifié le nombre de pages : 352, imprimées en petits caractères. Dix ans de lecture forcée et séjour assuré dans une clinique psychiatrique.

Katia, elle, n'a même pas regardé le livre qui lui avait été attribué. Absorbée par sa lecture, elle l'a repoussé au bord de la table et il est tombé sur mes pieds.

– Et maintenant, je vous explique notre projet ! s'est écriée avec enthousiasme Mme Croazic.

– *Votre* projet, a grogné une voix derrière moi (Coralie, me semble-t-il).

Mais la prof est sourde. Elle nous a regardés, un sourire jusqu'aux boucles d'oreilles en forme… de livres (véridique) :

– Nous allons devenir des DÉVOREURS de livres ! Et j'ai donné à chacun un livre pour vous mettre en APPÉTIT de lecture !

EURGH ! ai-je entendu tout près de moi, et j'ai identifié le bruit sans problème : un rot. Si puissant que même la prof l'a entendu.

Son grand sourire s'est éteint, et, l'air consterné, elle a fixé Théo, assis juste devant moi.

– Ton commentaire est déplacé, jeune homme! a-t-elle dit d'un air pincé.

– C'est pas juste! a braillé Théo. J'ai rien fait!

Un second eurgh, beaucoup plus timide celui-là, a confirmé que Théo disait la vérité. Et j'ai découvert d'où provenait le rot : de mon ventre. Par chance, cette fois, le système auditif de la prof n'a rien capté.

– Bien, a-t-elle dit, retrouvant sa bonne humeur. J'ai distribué les livres au hasard, mais vous pouvez les échanger…

La classe, jusque-là tétanisée, s'est réveillée brusquement.

– Alors, j'échange mon livre contre un pull à capuche! (Zeynep.)

– Moi contre un jeu vidéo, n'importe lequel! (Roméo.)

– Contre six paquets de sablés bretons! (Émilien.)

– Contre un tube de rouge à lèvres ! (Théo, allez savoir pourquoi.)

Je n'ai pas eu le temps de m'exprimer, car la prof, bras en l'air, tentait de calmer le tumulte.

– Quand je dis « échanger », c'est contre un autre livre, naturellement.

Râles, soupirs, grognements ont répondu. Et puis, la classe s'est mise en mouvement : on s'est levés, on a comparé nos livres, on a négocié, sans enthousiasme. Échanger un livre contre un autre, c'était comme troquer des épinards contre des choux de Bruxelles ou des salsifis : pas de quoi saliver. Bien sûr, personne n'a voulu de mon pavé. Alors, je l'ai refilé à Katia qui continuait de lire, imperturbable, et j'ai pris son livre à la place, nettement moins épais. Mais pas plus appétissant : *Semelles de sang*, l'histoire d'un adolescent pakistanais exploité dans une fabrique de baskets, d'après le résumé.

Quand tout le monde a eu regagné sa place, la sonnerie a retenti. La prof a juste eu le temps d'annoncer :

– Vous avez une semaine pour lire votre livre et me faire une PETITE FICHE de lecture. À demain.

Parce que nous avions cours de français le lendemain, deux heures d'un coup. EURGH! a fait mon ventre, révolté. Bien fort.

Chapitre 2

Le lundi suivant, Mme Croazic a ramassé les fiches de lecture. Comme la plupart, je me suis contenté de recopier une critique trouvée sur Internet, sans avoir lu une seule ligne du roman. La prof n'y a vu que du feu, bien sûr. Katia, elle, avait rédigé un long compte-rendu personnel du polar qu'elle avait lu, *Le Meurtre de Roger Ackroyd*.

– Mais ce n'est pas un des livres que j'ai conseillés, a dit Mme Croazic en ramassant la fiche de Katia.

– Non, a fait Katia.

– C'est que… je sélectionne des livres… comment dire… adaptés à votre niveau… sur des thèmes qui vous intéressent…

Elle avait l'air un peu embarrassée, la prof : Katia la regardait, le dos bien droit, les mains posées à plat sur la table, impénétrable et déterminée, comme à son habitude. J'étais assez fier d'elle, je dois l'avouer.

La prof a continué à parler par à-coups, comme une machine enrayée :

– Et je veille à la qualité de l'ÉCRITURE… c'est important, des livres bien écrits… par des auteurs RECONNUS… et publiés par de GRANDS éditeurs. Tu comprends ?

(Elle est crispante avec ses majuscules. On a l'impression qu'elle gonfle certains mots, et après ils vous éclatent à la figure.)

Katia a haussé les épaules.

– Moi, j'aime lire, a-t-elle dit.

– Oui, mais il faut lire de BONS livres, a dit la prof. Parce que les BONS livres font grandir !

– Je fais un mètre soixante-huit, a répondu Katia, et vous ?

Silence de mort dans la classe : à vue de nez, la prof ne dépasse pas le mètre cinquante.

Mme Croazic a éclaté d'un rire assez coincé, type chèvre qui a avalé un chardon de travers.

– Très drôle, vraiment très drôle ! Tu as de l'humour, bravo.

Agitant la fiche de lecture de Katia, elle a ajouté :

– Pour cette fois, j'accepte, mais, la prochaine fois, tu choisiras un livre de MA sélection.

Katia n'a pas répondu. Quand la prof a tourné le dos, elle a soulevé son classeur de français et repris sa lecture : un autre roman d'Agatha Christie, *Dix petits nègres*.

– Bien, maintenant, échangez vos livres, a dit Mme Croazic.

Petit moment d'hésitation, puis :

– Vous n'aviez pas dit qu'il fallait le rapporter ! (Zynep.)

– Moi, je l'ai prêté à ma grand-mère ! (Camilla.)

– Je l'ai mis au Frigidaire pour qu'il ne s'abîme pas ! (Émilien.)

– C'est pas juste ! (Théo.)

– Un livre ? Quel livre ? (Roméo.)

Etc., etc.

Finalement, la prof nous a accordé deux jours de délai pour les échanges. Elle semblait un peu fatiguée. Elle a frappé dans ses mains et a annoncé :

– Installez-vous confortablement, détendez-vous, fermez les yeux si vous le souhaitez, posez la table sur la tête… euh non, posez la tête sur la table, je vais vous lire le début d'un roman.

Elle a pris au hasard un livre sur son bureau et nous l'a présenté solennellement :

Si mon cœur chante… de Stéphane Hautiquet, aux éditions Catapulte. C'est très important de mémoriser le titre et l'auteur, bien sûr, mais aussi l'éditeur, si vous voulez acheter le livre, par exemple.

– Je n'ai pas du tout l'intention de l'acheter, a affirmé haut et fort Coralie.

Ce qui a aussitôt déclenché des murmures d'approbation et quelques ricanements.

Légèrement décontenancée, la prof s'est raclé la gorge et a commencé la lecture. Pendant quelque temps, le silence s'est répandu dans la classe. Pas parce que nous étions captivés par l'histoire ; tout au contraire, nous étions abattus, atterrés, accablés, terrassés, anéantis (etc.) par sa nullité : une fille de profs qui tombe amoureuse du pire voyou du collège et réussit à le traîner dans un atelier poésie… Enfin, c'est ce que j'ai saisi. À vrai dire, j'ai très vite perdu le fil. D'abord, j'ai essayé toutes sortes de positions « confortables » :

– affalé sur la table, tête sur les bras croisés ;
– avachi sur la chaise, jambes allongées ;
– appuyé sur l'épaule de Katia (mais elle m'a repoussé sans ménagement et j'ai atterri dans l'allée) ;
– couché sous la table, mon sac me servant d'oreiller (j'ai vite renoncé, le carrelage n'a pas été nettoyé depuis un demi-siècle, on dirait).

En me relevant, j'ai aperçu Théo qui, accroupi par terre, jouait avec des petites voitures. J'ai sorti de ma poche trois Playmobil et je l'ai rejoint.

Oleg, le voisin de Théo, a glissé à son tour de sa chaise pour jouer avec nous. De fil en aiguille, la quasi-totalité de la classe s'est retrouvée à quatre pattes pour assister au spectacle. Quelques filles s'étaient regroupées sous la table de Lola pour la lecture commentée (et chuchotée) d'un magazine people. Lola, Zeynep, Ibrahim et Roméo jouaient aux cartes près du radiateur. Finalement, seuls émergeaient encore Émilien, qui somnolait vautré sur sa table, et Katia, captivée par la lecture de son polar.

Imperturbable, la prof continuait la lecture de sa voix haut perchée qui enflait certains mots et les étirait, les mâchait comme du chewing-gum : « Le CŒUR battant, Anna tendit la feuille de papier à Steven. Ses doigts FRÔLÈRENT légèrement les doigts du garçon et un FRISSON se répandit dans TOUT son corps. » Ça donnait le mal de mer.

Et puis, sans le faire exprès, Oleg a renversé une chaise. Le bruit a réveillé Émilien qui a poussé un cri. Alertée, la prof a interrompu sa lecture

au milieu d'un mot à majuscules (PASSIONNÉ…). S'apercevant de la disparition de la majorité de ses auditeurs, elle a appelé :

— Mes enfants, mes enfants, où êtes-vous ?

Ça n'a pas raté. Une petite voix a répondu :

— Ici, maman.

Je parie trois yaourts à l'abricot que c'était Roméo.

Les têtes de vingt-cinq élèves ont réapparu de dessous les tables. Bouche bée, la prof nous regardait, se demandant visiblement quelle attitude adopter. Alors, vite, j'ai dit :

— C'était super, *madame*, qu'est-ce que vous lisez bien !

— Oui, oui, trop génial, *madame* ! ont renchéri en chœur les copains.

— Mais qu'est-ce que vous faisiez sous les tables ? a demandé la prof.

— Ben, *madame*, vous nous avez dit de nous installer confortablement, ai-je expliqué.

— Pour mieux écouter, *madame*, a ajouté Coralie.

— Ouais, ouais, *madame* ! (Le chœur.)

(Note : tous les *madame* ont été prononcés comme il se doit pour ramollir Mme Croazic. Ça donnait à peu près : « MA-DAAAME ». Mais tout élève bien constitué sait comment on s'adresse à une prof.)

Un peu nerveuse, Mme Croazic nous a ordonné de ranger nos affaires, ce qu'on s'est empressés de faire. Sauf Katia, toujours plongée (ou immergée ?) dans sa lecture. La prof l'a repérée, s'est approchée.

— Mais qu'est-ce que tu fais ?

À contrecœur, Katia a relevé la tête.

— Je lis.

— C'est pas le moment ! a dit la prof.

Et elle lui a arraché son livre.

Chapitre 3

Le mardi soir suivant, après l'entraînement de foot, Katia m'a accompagné à la maison. Mes parents l'avaient invitée à manger, comme tous les mardis. Léonie était là aussi, avec son amoureux. Bizarre de retrouver chez soi un prof qu'on a croisé le jour même au collège ; j'ai du mal à m'habituer. Lui aussi, j'ai l'impression. Mon frère, Mathieu, n'était pas là. Depuis la rentrée, il est interne dans un lycée à quarante kilomètres d'ici, en section sport-études.

– Alors, la cinquième, comment ça se passe, vous deux ? a demandé Cyril Lanvin, s'adressant à Katia et à moi.

Typique des profs : ils n'ont qu'un sujet de conversation, l'école. Avant de répondre, j'ai vite

piqué le dernier morceau de gougère (c'est bien la peine d'être débarrassé de son frère aîné si c'est pour récupérer un beau-frère encore plus goinfre).

La bouche pleine, j'ai grogné :

– Ouais, ça va, sauf la prof de français, elle nous force à lire.

– Et elle m'a confisqué mon livre, a dit Katia.

Léonie a éclaté de rire.

– Quelle horreur ! Une prof de français qui confisque les livres à ses élèves pour les forcer à lire !

– Rigole pas, j'ai dit, c'est la pure vérité.

– En tout cas, cette fois-ci, ne compte pas sur moi, si tu as des ennuis, a-t-elle ajouté en lançant un regard énamouré à son Cyril.

C'est là que j'ai eu une illumination :
— Je vais lui dire que tu es libraire ! Ça va lui plaire, je suis sûr !
— Je te l'interdis bien, a répliqué ma sœur.

Mais j'ai noté soigneusement cette information dans un coin de mon petit cerveau.

— Et quel est le titre du livre qu'elle t'a confisqué ? a demandé Léonie à Katia.

— *Dix petits nègres*, a répondu Katia. Je ne l'ai pas terminé, je ne sais pas qui est le coupable.

— Ben, c'est la prof, c'est elle qui te l'a piqué ! ai-je dit.

Ça n'a fait rire personne.

— Ne t'inquiète pas, a dit papa à Katia, j'ai tous les Agatha Christie, je peux te les prêter.

Sans attendre le dessert (un bête clafoutis aux poires), Katia a suivi papa. Un quart d'heure plus tard, elle est revenue avec une pile de livres dans les bras.

Elle a fini *Dix petits nègres* pendant que je tuais quelques vampires dans un jeu vidéo bien saignant. J'allais enfoncer un pieu dans le cœur d'un vampire particulièrement répugnant quand Katia s'est levée brusquement, son livre serré sur le cœur. Les yeux brillants, elle s'est écriée :

– Il est trop génial ! Tu devrais le lire !

– Hé, tu ne vas pas t'y mettre ! ai-je grogné.

Zut ! elle m'avait fait rater le vampire, et il se précipitait sur moi, la gueule dégoulinante de bave. On a commencé à se disputer, mais maman est venue chercher Katia. Il faut qu'elle rentre à neuf heures au plus tard au foyer d'accueil où elle vit depuis un an.

– Tu vas voir ta mère ce week-end ? lui a demandé maman.

Katia a haussé les épaules.

– Je sais pas.

C'est comme ça tous les week-ends. Jusqu'au dernier moment, Katia attend la réponse de sa mère. Le plus souvent, c'est non.

– Tu sais que la maison t'est ouverte, a dit encore maman.
– Oui, je sais, a répondu simplement Katia.
Je l'ai raccompagnée jusqu'à son foyer. Au croisement de la mairie, elle m'a pris la main. Je l'ai retirée aussitôt.
– Hé, je sais traverser tout seul, j'ai plus trois ans !

À l'instant même où les mots s'échappaient, j'ai compris le sens de son geste. Mon cœur a sauté, j'ai eu juste le temps de le rattraper (au sens figuré, bien sûr, comme dirait Mme Croazic) et j'ai senti mes joues s'enflammer (sens figuré ou sens propre ? J'hésite : je suis sûr qu'on aurait pu y faire cuire un œuf au plat, tellement elles étaient brûlantes).

Katia a traversé sans attendre l'autorisation du petit bonhomme vert. Je l'ai rattrapée et j'ai fait la seule chose qu'il me restait à faire. Je l'ai prise dans mes bras et je l'ai embrassée. Sur la bouche. Enfin, presque : j'ai légèrement raté l'atterrissage, parce qu'elle a tourné la tête au dernier moment, j'ai juste effleuré le coin de ses lèvres. Quand même, ça m'a fait de l'effet : frisson dans le dos, picotement dans le ventre et douceur partout.

Je n'ai pas eu le temps de me sentir idiot : on s'est regardés et, pile synchro, on a éclaté de rire.

Après, c'est moi qui lui ai pris la main, et je ne l'ai pas lâchée jusqu'au foyer.

Chapitre 4

Le lundi suivant, Mme Croazic est arrivée avec un grand sac en plastique (du magasin « Ludivine, tenues coquines pour femmes mutines »). Elle en a sorti des cahiers qu'elle a aussitôt distribués. Ils étaient bleu clair avec, au dos, une publicité : « Bada, la solution extraordinaire contre les fuites urinaires. » Je suppose qu'elle les avait eus gratuitement avec un lot de couches troisième âge.

La distribution terminée, elle a frappé dans ses mains (c'est une manie chez elle) et a annoncé solennellement :

– Chers enfants, nous allons commencer notre CARNET de LECTURE.

Elle s'est tue un instant, mais personne n'a posé de question. Elle a donc continué :

– Vous vous demandez sans doute ce qu'est un CARNET de LECTURE.

Nouveau silence général.

– Eh bien, je vais vous expliquer : votre CARNET de LECTURE vous permettra de VISUALISER votre PARCOURS DE LECTURE.

Toujours aucune réaction. De toute façon, on ne comprenait rien à ce qu'elle racontait.

– C'est comme le CARNET DE VOL d'un pilote d'avion. Chaque LIVRE lu vous donne des POINTS. Un livre lu vaut DIX points. Quand vous atteignez CINQUANTE points, vous obtenez votre BREVET de lecteur. Avec cent points vous devenez CHEVALIER DE LA LECTURE.

– Avec une épée ? (Oleg.)

– Et avec une cape, comme d'Artagnan, madame ? (Roméo.)

– Moi, je ne veux pas d'épée ! Je veux une mitraillette ! (Coralie.)

– De toute façon, les filles ne peuvent pas devenir chevaliers ! (Théo.)

– Et pourquoi pas ? (Camilla.)

Il y a eu un léger flottement, pour ne pas dire un début de chahut. Pour nous calmer, la prof nous a emmenés au CDI.

– Vous allez fabriquer un MARQUE-PAGE pour votre CARNET DE LECTURE. Pour cela vous choisirez un livre que vous présenterez sur un côté du marque-page. De l'autre côté, vous écrirez un SLOGAN pour PROMOUVOIR la lecture.

Katia a bâclé l'affaire en trois minutes : au rayon Animaux, à côté d'une encyclopédie sur les serpents, elle a déniché un livre d'Agatha Christie, *Cinq petits cochons*. Elle a recopié le résumé d'un côté et de l'autre elle a calligraphié ce slogan : « La lecture, c'est mortel ! »

J'ai eu du mal à choisir un livre. Avec Roméo, on a joué à cache-cache entre les étagères. Je me suis planqué derrière un présentoir et, quand je l'ai vu passer, je suis sorti brusquement avec un livre sur les monstres que j'ai agité en poussant des hurlements vraiment terrifiants. Sauf que,

derrière Roméo, il y avait le documentaliste, qui m'a collé deux heures de « service » au CDI (ranger des bouquins et arroser les plantes vertes, je suppose).

Finalement, j'ai fait mon marque-page sur le livre que j'avais encore dans les mains : *Les Monstres de la littérature mondiale*. J'ai dessiné une gorgone ; c'est une femme qui a des serpents à la place des cheveux et dont le regard vous pétrifie. On pouvait trouver une certaine ressemblance entre ma gorgone et la prof de français, mais Mme Croazic n'y a vu que du feu. Pour le slogan, je ne me suis pas foulé : « Lire, c'est fantastique. » Ça lui a plu, j'ai eu 15/20.

Théo n'a eu que 6/20. Comme livre, il a choisi le Code de la route, avec ce slogan : « Un livre, ça va ; trois, bonjour les dégâts. »

C'est pas juste !

Chapitre 5

Quand on est élève, on finit par s'habituer aux lubies des profs. De toute façon, on n'a pas le choix.

Chaque semaine, donc, on « lisait » un livre. Plus exactement : on remplissait deux pages dans notre CARNET DE LECTURE, en utilisant largement les critiques publiées sur Internet.

Nous avions vite appris les formules qui plaisaient à Mme Croazic puisqu'elle les répétait à chaque cours. Si on arrivait à placer « schéma narratif », « psychologie des personnages » ou « construction romanesque », on avait au moins la moyenne.

Il fallait aussi citer notre phrase préférée. Moi, j'ouvrais le livre au hasard et je copiais la première phrase sur laquelle je tombais.

Pour *Dis-moi le chemin*, par exemple, c'était : « Il s'enferma dans les W.-C. à double tour et baissa son pantalon. » Manque de chance, la prof a vérifié mon carnet cette semaine-là et m'a demandé pourquoi j'avais choisi cette phrase. Je m'en suis tiré en expliquant que c'était parce qu'elle exprimait bien la « psychologie du personnage ».

Au bout d'un mois, j'avais mon BREVET de lecteur et, quinze jours plus tard, j'étais CHEVALIER DE LA LECTURE. La prof m'a remis solennellement un diplôme, sans se douter que j'avais copié sur mon CARNET les résumés de Théo et Émilien.

Et puis, un jour, à peine arrivée en classe, elle a frappé dans les mains pour établir le silence et annoncé avec son enthousiasme habituel :

– GRANDE, FORMIDABLE nouvelle : nous allons participer à un TOURNOI de lecture !

Elle a attendu une réaction qui n'est pas venue. Une fois de plus, nous étions abattus, atterrés, accablés, terrassés, anéantis, etc.

– Vous vous demandez sans doute ce qu'est un TOURNOI DE LECTURE, a-t-elle continué. Eh bien, je vous explique : nous allons lancer un défi à une autre classe de cinquième, et nos armes, ce seront les LIVRES !

Notre attention s'est brusquement réveillée.

– Ouais ! a hurlé Roméo. On va les assommer ! Mon grand-père a plein de dictionnaires qui pèsent des tonnes !

– On aura des casques ? (Zeynep.)

– On pourrait fabriquer des livres piégés qui explosent quand on les ouvre. (Émilien.)

– Non, on prépare une embuscade et on les bombarde avec des encyclopédies ! (Paola.)

Mme Croazic a agité les mains désespérément.

– Il ne s'agit pas d'un tournoi au sens PROPRE, mais au sens FIGURÉ ! Je suppose que vous connaissez la différence. Vous préparerez des questions et des jeux autour des livres que vous aurez lus et les camarades de l'autre classe feront de même.

Des « oh », « ah » et « bof » déçus ont fusé. Mme Croazic a tenté de remonter le moral des troupes.

– Il y aura le tournoi collectif, mais aussi des DUELS entre CHEVALIERS DE LA LECTURE ! Un lecteur contre un autre ! Toujours avec des questions et des épreuves, naturellement. C'est formidable, non ?

– Génial, a grogné Coralie.

– Et qu'est-ce qu'on gagne ? a demandé Roméo.

– Oh, c'est une SURPRISE ! Une TRÈS BELLE SURPRISE !

Une surprise de prof, on sait ce que c'est : des stylos ou des livres de grammaire. L'annonce de Mme Croazic n'a donc récolté que quelques « oh », « bof », « hou ! là, là ! » désabusés et un « t'as pas un morceau de chocolat ? » isolé (Émilien, sans doute).

C'est alors que la prof a abattu son atout maître :
– Le grand TOURNOI de lecture sera télévisé. Oui, il sera filmé en direct pour une émission de télévision.

Ah, là, ça devenait intéressant. Un murmure approbateur est monté de la classe, et tout le monde a attendu la suite avec curiosité, sauf Katia, bien sûr, plongée dans un Agatha Christie, *Un cadavre dans la bibliothèque*, si je me souviens bien.

– C'est une nouvelle émission, et je n'ai pas le droit de vous donner le titre, a chuchoté la prof, d'un air très mystérieux.

Ce qui a, naturellement, déclenché une rafale de questions. Des plus banales (« Ce sera quand ? Parce qu'il faut que je regarde sur mon agenda,

peut-être je ne suis pas libre ce jour-là ? ») aux plus intéressantes (« On peut apporter un tuyau d'arrosage ? »).

Pour résumer :

– le TOURNOI aurait lieu en avril dans un lieu encore inconnu ;

– nous devions lire DIX livres et préparer des ÉPREUVES autour de ces livres pour piéger nos concurrents ;

– il était interdit de venir en robe du soir et même de se déguiser en monstre (pour impressionner les concurrents), de se doper au jus de carotte ou à la crème d'anchois, d'utiliser des relais satellites pour communiquer avec l'extérieur, de lâcher des souris ou des serpents à sonnette dans le camp adverse, bref, tout ce qui pouvait donner un peu d'intérêt à la chose ;

– nous devions choisir un prof du collège comme « joker » afin qu'il nous souffle la réponse en cas de panne ; ce ne pouvait être ni la prof de français ni le documentaliste (sans doute parce qu'ils ne sont télégéniques ni l'un ni l'autre).

La prof nous a bombardés d'un millier d'autres informations, mais mon cerveau s'est bloqué, et pour le reposer j'ai entamé une partie de bataille navale avec Katia qui venait tout juste de démasquer l'assassin de son roman.

Chapitre 6

Quelques jours plus tard, la prof nous a présenté les dix livres du TOURNOI. Elle voulait qu'on les lise tous. Mais on a menacé de faire grève. Il a fallu négocier, ça a duré trois heures de cours (toujours ça de gagné). À la fin, elle a cédé : il suffisait que chacun en lise deux.

Dans la liste, il y avait un livre qui avait pour titre *Un premier baiser* (éditions L'École des soupirs). Je me suis porté volontaire pour le lire parce que le sujet m'intéressait.

C'est de l'arnaque : le bouquin raconte l'histoire de deux ados qui se rencontrent au cours d'un stage de cuisine dans un village perdu de Lozère. Au début, ils ne peuvent pas se voir, mais ils tombent amoureux en préparant ensemble de la tête de veau (beurk!). Et ils s'embrassent sur la joue à la dernière page.

J'ai raconté ça à Katia alors que je la raccompagnais à son foyer après un entraînement de foot.

– C'est normal, s'ils avaient mangé de la tête de veau, ils ne pouvaient pas s'embrasser sur la bouche, a-t-elle commenté.

Je lui ai juré que, de ma vie, je ne mangerais jamais de tête de veau, et elle m'a embrassé. Sur la bouche. Elle est plus douée que moi : elle n'a pas raté la cible.

La prof nous a expliqué le déroulement du « GRAND TOURNOI ». Pour chaque livre, on devait préparer :

– cinq questions hyperdifficiles à poser à l'équipe adverse ;

– une « production artistique » (par exemple une BD ou une chanson) ;

– une « épreuve d'habileté physique en relation avec le contenu de l'œuvre littéraire », comme disait le règlement.

Pour *Un premier baiser*, j'ai proposé le concours du baiser le plus long, mais la prof n'était pas d'accord. Avec Katia, on a décidé de s'entraîner quand même au cas où elle changerait d'avis.

Il a fallu aussi trouver un nom pour notre « COMPAGNIE DE CHEVALIERS LECTEURS » (la prof). On a proposé :
 – Les Dévoreurs de mille-feuilles (Émilien) ;
 – Les Zinzins du livre (Camilla) ;
 – Les Vampires assoiffés d'encre imprimée (Oleg) ;
 – Les Rats enragés de bibliothèque (Zeynep) ;
 – Les Quatre Moustiquaires de la lecture (Roméo) ;
 – Les Analphabètes et méchants (moi).

On a voté, mais ça n'a rien donné, car certains ont triché. Ça s'est terminé en bagarre générale, c'était chouette. Comme a dit la prof, un peu démoralisée, « les débuts de la démocratie sont toujours difficiles ». Finalement, Katia a réconcilié tout le monde en proposant : « Les Lecteurs anonymes ». Comme « Les Alcooliques anonymes », je suppose.

Pendant deux mois, on a frôlé l'overdose de lecture. La prof nous lisait à chaque cours des extraits des livres sélectionnés, elle nous en dictait des passages en orthographe, tous les exemples de grammaire étaient tirés des livres et, par groupe de deux, on a dû faire une affiche pour notre « livre favori ». Avec Katia, on a choisi *Un premier baiser*, bien sûr, car c'était le seul que j'avais lu presque en entier.

On a réalisé un montage photo : deux veaux qui s'embrassent avec plein de petits cœurs et de toques de cuisinier tout autour. C'était pour symboliser les deux thèmes du livre : l'amour et la cuisine. Comme il fallait résumer le livre en une seule phrase, on a choisi : « L'amour, c'est vachement bon ! » On n'a eu que 8/20. Commentaire de Mme Croazic : « La psychologie des personnages n'est pas assez fouillée. »

Ah, et puis il a fallu choisir le prof-joker qui devait nous prêter main-forte lors du tournoi de lecture. J'ai proposé Cyril Lanvin, mon futur beau-frère prof de sport. Depuis qu'il sort avec ma sœur, Léonie, il n'arrête pas de lire. Il a accepté et a englouti sans rechigner les dix romans de la sélection. Un vrai champion. En plus, il est vraiment télégénique, et j'ai pensé que ses biceps pourraient impressionner l'adversaire.

Cyril a eu des idées géniales pour les « épreuves d'habileté physique en rapport avec le contenu des œuvres littéraires ». Pour le roman *Un soleil de plomb*, l'histoire d'un groupe d'ados en voyage scolaire en Espagne, il a imaginé un jeu inspiré par la corrida où le taureau est remplacé par un aspirateur robot.

Bref, on était mobilisés. La prof ne nous laissait pas de répit et, malgré nous, on se prenait (un peu) au jeu.

Chapitre 7

— La date est fixée ! Jeudi 15 avril à 14 heures ! N'oubliez pas de rapporter l'autorisation de vos parents ! Demain dernier délai !

Mme Croazic a réussi à transmettre son excitation à une grande partie de la classe. On était fin mars, il restait moins de trois semaines avant le grand jour. Même moi, j'avoue, j'ai bondi de ma chaise, bras en l'air, en hurlant un « Hourra ! » à faire trembler les murs (c'est une image). Et à renverser le bureau (ce n'est pas une image). Mes affaires et celles de Katia ont valsé, et, pris dans mon élan, je suis tombé en avant, me suis rattrapé au cou de Théo qui a poussé des cris de cochon étranglé, etc.

Ce léger incident m'a privé de quelques-unes des innombrables informations pratiques données par Mme Croazic. Je me souviens seulement que :

– le tournoi de lecture était sponsorisé par une entreprise ;

– qu'un bus viendrait nous chercher à 10 heures au collège et qu'un pique-nique serait organisé sur place ;

– que l'équipe adverse venait d'une ville voisine ;

– qu'il fallait emporter un pyjama (je ne suis pas sûr d'avoir bien compris, je n'écoutais déjà plus).

À certaines questions précises, Mme Croazic n'a pas répondu clairement :

– le nom de la télévision ? Non, ce n'était pas TF1, ni France 2, ni Canal +. Ce serait une « surprise » ;

– où étaient les studios ? Ce serait une « surprise ». Mais non, ce n'était pas à Paris ;

– l'animateur ? Ce serait une « surprise ». Et peut-être une animatrice ;

– le prix en cas de victoire ? Elle l'avait déjà dit : une « surprise ».

Tant de surprises ont un peu refroidi l'enthousiasme général. Mais le tournoi nous faisait rater quatre heures de cours, alors peu importaient les détails.

La fièvre avait gagné une partie de la famille. C'était la faute de Cyril qui avait contaminé Léonie et mon père. Quand il venait à la maison, tous les trois discutaient des livres du tournoi ; Léonie apportait de la documentation de sa librairie et papa inventait des questions tordues. Par exemple, dans *Saison froide*, quel est le tour de poitrine de la postière (qui apparaît p. 79) ? D'après lui, on pouvait le déduire du fait qu'elle portait des pulls de taille S. Léonie n'était pas d'accord avec son interprétation, ce qui donna lieu à une discussion très intéressante (pour moi) sur les tailles de soutien-gorge, qui se mesurent en bonnet de A à F, ai-je appris. Maman a mis fin à la discussion de manière abrupte mais très convaincante en déposant sur la table un gâteau de riz dégoulinant de caramel.

Katia avait d'autres préoccupations. Elle a passé trois jours chez sa mère pendant les vacances de février. Elle n'a rien voulu raconter. Et c'est elle qui a signé l'autorisation parentale pour participer à l'émission télévisée.

La veille de l'émission, elle est venue à la maison après notre entraînement de foot (je précise quand même que nous ne jouons pas dans la même équipe). Sur le chemin, elle marchait devant moi, le dos bien droit, comme toujours, avec sa natte qui balançait entre ses épaules. J'aurais voulu lui dire quelque chose, mais je ne trouvais pas les mots. Je l'ai rattrapée et je lui ai pris la main. Elle a souri.

– Tu as besoin d'aide pour traverser la rue ?
– Oh, oui ! ai-je répondu.

Chapitre 8

Et le jour du TOURNOI DE LECTURE est arrivé.

On était un peu excités, ce matin-là. Normal : participer à une émission de télévision, on n'était pas habitués. Alors, on riait trop fort, on se donnait des tapes dans le dos, on regardait sa montre, on remontait ses chaussettes toutes les deux minutes (c'est mon tic, je n'y peux rien).

À 10 heures, Mme Croazic et Cyril sont venus nous chercher dans la cour. Un bus nous attendait devant le collège. Nous sommes partis sans même connaître notre destination.

— Vous verrez, a dit la prof, toute guillerette, c'est une…

– SURPRISE ! avons-nous crié en chœur.

Le voyage a duré une heure et quart. Après quatre-vingts kilomètres, on a quitté la nationale pour une départementale endommagée par l'hiver. Et puis, à la sortie d'un village, le bus s'est engagé sur un chemin goudronné en rase campagne.

– Elle n'a pas menti, la prof, a commenté Katia. Je sens que ça va être vraiment une surprise.

On a aperçu quelques bâtiments modernes en pleine nature : des hangars et un grand cube aux parois de verre. C'était vraiment étrange de tomber sur une construction aussi moderne au beau milieu des champs.

Théo s'est écrié :

– Hé, vous avez vu le panneau ?

Planté devant le cube transparent, un immense panneau annonçait : *ANIVAL, leader européen de l'alimentation animale.*

« On a dû se tromper de route », ai-je pensé.

Mais Mme Croazic, à l'avant du bus, a frappé dans ses mains et nous a invités à sortir.

– Qu'est-ce qu'on fait ici, madame ? a demandé timidement Coralie.

– Eh bien, on est arrivés, n'oubliez rien dans le bus…

À cet instant, un autre bus s'est garé près du nôtre. En a débarqué une bande d'adolescents, sans nul doute nos adversaires du tournoi de lecture. Ils étaient tous vêtus de la même façon : jean et pull bleu marine, les filles comme les garçons. Et ils étaient encadrés par un homme en costume sombre et une religieuse en robe grise, un voile blanc sur la tête.

Mme Croazic s'est empressée d'aller saluer les deux adultes. Se tournant vers nous, elle a annoncé :

– Je vous présente vos camarades du collège Sainte-Marie de Brézieux-sur-Argonne.

Les deux groupes se sont mesurés à distance. Nous n'avions aucune envie de lier connaissance avec nos « camarades » d'une école privée, et eux non plus, apparemment.

À cet instant, une jeune femme en tailleur fuchsia est sortie du bâtiment en verre ; elle a accouru vers nous, un sourire professionnel plaqué sur son visage maquillé avec soin.

— Bienvenue ! Bienvenue ! s'est-elle écriée en ouvrant les bras d'une façon assez mécanique. La société Anival est heureuse de vous accueillir dans ses locaux pour le GRAND TOURNOI !

Elle avait gonflé ces deux derniers mots et leur avait collé tout un tas de majuscules, exactement comme le faisait Mme Croazic. Surprenant !

— Isabelle ! Quel plaisir de te revoir ! s'est exclamée notre prof.

Et de se précipiter dans les bras de ladite Isabelle, qui avait l'air tout aussi ravie.

— Mme Croazic ! Quelle joie !

— Isabelle a été mon élève lorsque j'ai débuté dans le métier, a expliqué la prof, aux anges. Pendant quatre ans, n'est-ce pas, Isabelle ?

— Quelle SURPRISE ! a commenté Roméo.

— N'est-ce pas ? a renchéri Mme Croazic.

— Mais, et les studios de télévision ? a demandé Zeynep.

Isabelle a étiré son plus beau sourire et a déclaré :

– Je vous en prie, suivez-moi !

Elle est partie au pas de course, et on a bien été obligés de la suivre. Dans le grand hall, elle nous a gratifiés d'un petit speech :

– Vous êtes au siège de l'entreprise ANIVAL, fondée en 1987 par M. Dudour, qui en est toujours le P-DG. Les deux bâtiments que vous avez aperçus abritent les laboratoires où sont élaborés les produits de notre groupe.

– Mais, et les studios de télévision ? a insisté Zeynep.

Isabelle a répondu aimablement :

– M. Dudour a créé il y a deux ans une chaîne de télévision diffusée sur Internet, VAL TV. Il s'agit d'une chaîne culturelle destinée à la jeunesse et financée par une fondation, dont M. Dudour est le président et principal donateur. Le TOURNOI DE LECTURE que nous inaugurons aujourd'hui sera l'émission phare de notre programme.

– Mais, et les studios ? a demandé un môme de l'école Sainte-Marie au moment même où Zeynep ouvrait la bouche.

– Je vais vous les montrer.

Avec une carte magnétique, elle a ouvert une salle ultramoderne, installée au cœur du bâtiment. Au centre, un large plateau équipé de caméras, micros, ordinateurs, projecteurs. Et sur le plateau, un décor : des gradins, comme dans un cirque, un écran incurvé, des nuées de ballons de toutes les couleurs, des pupitres.

Ça nous a impressionnés. Sauf Roméo, qui a demandé :

– Où sont les toilettes, s'il vous plaît ?

Isabelle n'a pas perdu son sourire. Elle a indiqué la direction d'un geste discret avant de nous guider vers une autre salle qui donnait sur un jardin intérieur. Sur de longues tables était préparé un buffet.

– Je vous invite… a commencé Isabelle.

Invitation inutile. Les deux groupes se sont jetés sur le buffet, l'école Sainte-Marie en formation compacte, au centre. Nous avons dû jouer des coudes pour franchir leurs lignes serrées : le TOURNOI avait commencé, et nous n'étions pas sûrs de gagner.

Oleg a tenté une diversion stratégique, en soulevant une coupelle de minibiscuits :

– Eh, goûtez, des croquettes pour cochons d'Inde. Hm, délicieux.

Il y a eu un mouvement d'hésitation du côté de nos adversaires, peu habitués à l'humour d'Oleg. Nous avons eu le temps de rafler les piles de sandwichs avant qu'ils réagissent.

Et voilà comment nous avons gagné le premier round.

Chapitre 9

Après le buffet, Isabelle nous a rassemblés dans le studio. Un assistant avait apporté deux tas de T-shirts, les uns rouge vif, les autres gris souris.

– Quelle couleur préférez-vous ? nous a demandé Isabelle.

– Gris ! a répondu Katia sans consulter personne.

– T'es folle ! a grogné Théo, les gris sont moches.

– Attends, a répondu Katia.

On a enfilé nos T-shirts, l'autre classe aussi. Et on a compris : les T-shirts portaient la même inscription *(ANIVAL, la santé de l'animal)*, mais sur les nôtres était dessiné un chat tout mignon et sur ceux du collège Sainte-Marie, un stupide cochon rose.

Deux points à zéro ! Merci, Katia.

Isabelle nous a désigné nos places sur les gradins. Nous étions l'équipe A, les autres, donc, l'équipe B. Tandis qu'on s'installait, des techniciens réglaient les éclairages et les micros.

– Pour faire un essai son, je demande à chaque équipe d'annoncer bien fort son nom, a dit Isabelle.

D'un bloc, ceux de l'école Sainte-Marie de Je-ne-sais-plus-où se sont levés et ont hurlé à l'unisson : « Croisés du livre, présents ! À cœur vaillant, pour la lecture combattant, nous allons de l'avant ! »

Hou ! là, là ! On s'est regardés, désemparés. On n'avait rien préparé de semblable. Mais Roméo nous a sauvés. Il s'est dressé, tel un diable à ressort, et a improvisé : « Lecteurs anonymes, lire est notre maxime ! » Et dans un bel ensemble, on a repris, en frappant des mains (après six mois avec Mme Croazic, c'était devenu un tic collectif) : « Lire est notre maxime ! »

Honnêtement, on avait gagné le point. Trois à zéro !

– Bravo, a conclu Isabelle. Maintenant, j'invite les jokers à monter sur le plateau.

En deux bonds, Cyril Lanvin l'a rejointe, tandis que, de l'autre côté, la bonne sœur descendait précautionneusement les gradins.

Sans qu'on lui demande rien, elle s'est emparée d'un micro et s'est présentée :

– Bonjour, je suis sœur Marie-Angèle et je dirige l'école Sainte-Marie. C'est avec joie que j'ai accepté de participer à ce projet magnifique, car la lecture…

Et patati patata. Affolée, Isabelle a lancé un regard à un technicien, qui, depuis la régie, a coupé le micro et, par là même, le sifflet à sœur Marie-Angèle.

– Eh ben, a commenté à haute voix Théo, je voulais être pape quand j'étais petit, mais je crois que je viens de changer d'avis.

Il y a eu un petit blanc (et quelques ricanements) jusqu'à ce que Cyril se présente en cinq mots (si on ne compte pas le « d' ») :

– Cyril Lanvin, professeur d'EPS. Enchanté.

— Parfait, a repris Isabelle. Maintenant je vous explique le déroulement de l'émission.

« Pour chaque livre présenté, il y aura tirage au sort entre trois possibilités : questions posées à l'adversaire, présentation de la production "artistique" ou épreuve "d'habileté physique".

« Un autre tirage au sort déterminera s'il s'agira d'un combat collectif ou d'un duel entre deux représentants des équipes.

« Chaque équipe a le droit de faire appel une fois à son joker pendant la durée des combats. Pour chaque épreuve, le jury désignera le vainqueur.

« Nous allons faire une répétition pour nous assurer que vous avez bien compris ; mais auparavant, j'appelle le jury !

61

Elle a adressé un signe à son assistant, qui a ouvert une porte latérale.

— Je vous demande d'applaudir chaleureusement nos trois jurés ! Voici, Mme Aline Mangin, documentaliste au collège d'Aronceau.

Est apparue une dame rondelette, emballée dans un T-shirt Anival rose pâle avec un dessin de perroquet. A suivi une jeune femme, mince, intimidée, flottant dans un T-shirt vert pomme décoré d'une tête de vache.

— Mlle Isa Pacaro, bibliothécaire jeunesse, a annoncé Isabelle.

Le troisième juré était un homme grisonnant, à qui avait échu un T-shirt marron, orné d'un dessin de hamster.

— Roland Schmitt, libraire à Carvon ! a aboyé Isabelle au comble de l'enthousiasme, je ne sais pourquoi.

Les trois jurés ont pris place derrière une table. Le TOURNOI pouvait commencer.

Chapitre 10

Finalement, c'est Isabelle qui a joué l'animatrice. Quand elle a annoncé : « Attention, silence, on tourne ! », j'ai été un peu impressionné. Pas très longtemps, parce que Coralie a été prise d'une crise d'éternuements spectaculaire. On aurait cru l'explosion d'une série de grenades. Il a fallu reprendre à zéro.

Après un nouveau speech pour les téléspectateurs, la première manche a porté sur le livre *Vent mauvais*, l'histoire d'une fille qui tombe enceinte sur un voilier (je résume). Le jury a choisi : bataille de questions par équipes. C'est nous qui avons posé la première question : « Au chapitre 3, Jeanne porte des baskets de quelle couleur ? » L'équipe B a répondu juste (blanc avec des pois roses). Émilien connaissait la réponse à la question de nos adversaires : « Quel est le plat préféré du gardien du phare ? »

Facile : « Les tripoux. » Mais on est restés secs sur deux questions. Score final : 4 à 3, avantage à l'équipe B.

Ensuite, il y a eu une présentation de nos « activités artistiques » à propos du livre *Dis-moi le chemin*. Les élèves de l'équipe B ont chanté une chanson dont ils avaient composé les paroles. Ça ressemblait à un cantique (« Dis-moi le chemin qui mène jusqu'à toi, Seigneur… », etc.) ; je n'ai pas compris le rapport avec le livre qui raconte l'histoire de la fille d'un éleveur de poulets enlevée par des défenseurs des animaux. Nous, nous avons joué une scène du livre ; avec Roméo, Thomas et Oleg, on faisait les poulets en batterie. Après une brève délibération, le jury nous a accordé le point.

Je ne vais pas raconter en détail les dix rounds du « tournoi ». D'ailleurs, je n'ai pas été très attentif et j'ai laissé passer quelques épisodes en me livrant à diverses occupations plus intéressantes :

– concours de grimaces avec Théo (il m'a battu) ;

– une partie de « tu me regardes/je te regarde dans les yeux » avec Katia (c'est un jeu entre nous, top secret) ;

– un petit roupillon (en tout cas, j'ai eu un blanc assez long).

Quand je me suis réveillé, le score était à 4 - 4, avec une partie nulle. L'équipe B chauffait la salle. Mes copains semblaient un peu déprimés. Et puis Isabelle a annoncé le dernier round : questions sur le livre *Si mon cœur chante…* en « combat singulier ». Coralie représentait notre classe. Son adversaire était un petit binoclard, style « monsieur-je-sais-tout ».

Coralie a répondu aux deux premières questions du minus de l'équipe adverse. Ce qui nous a valu deux points. Le minus a séché sur la deuxième (« Combien de fois Steeve se lave-t-il les dents au cours du roman ? » Réponse : zéro). Coralie a dû passer sur les questions 3 et 4, mais son concurrent aussi. Restait la dernière question, le « combat ultime », comme l'a annoncé solennellement Isabelle. C'était à l'équipe B de répondre. Coralie a sorti la dernière question que nous avions préparée :

– Page 76 de *Si mon cœur chante*… Steeve dit à Marie : « Tu verras, je suis le roi du *French kiss*. » Quel verbe français peut correspondre à cette expression anglaise ?

J'avoue : la question était notre idée, à Katia et moi, vu que nous avions beaucoup étudié le sujet. La question originale était nettement plus technique, mais Mme Croazic l'avait censurée.

Le binoclard est devenu rouge pivoine. Et carrément rouge brique quand Coralie a précisé :

– Tu sais au moins ce que c'est que le *French kiss*, ou il te faut une démonstration ?

Après dix secondes d'apnée, il a bafouillé :

– Joker ! Je demande le joker !

Sœur Marie-Angèle s'est avancée d'un pas énergique :

– Je proteste ! Ce n'est pas une question convenable !

Mais, par la voix du libraire, le jury a décidé :

– Il s'agit d'une question de vocabulaire, elle est donc admise.

Sœur Marie-Angèle a secoué son voile d'un air fâché. Puis, timidement, elle a proposé une réponse :

– Ce n'est pas… euh… rouler un… rouler une balayette ? Attendez… non… rouler une pelle, c'est ça !

– Faux ! a annoncé Coralie. La réponse juste est : « galocher ». C'est dans d'édition 2014 du dictionnaire *Robert*.

Le libraire a vérifié sur son portable : c'était exact. Zéro pointé pour l'équipe B !

À son tour, le petit à lunettes a déplié un papier et a lu de sa voix haut perchée :

– Page 32, Steeve vole un vélo devant l'église Saint-Érasme. Comment est mort ce saint ?

– On est dans un collège laïc, a protesté Coralie, c'est pas au programme !

Le jury a délibéré un instant, pour déclarer finalement : « Question autorisée. » On était dans la panade. La seule solution, c'était appeler le joker.

Cyril s'est levé et a rejoint Coralie devant la table du jury. On lui a répété la question. Il a pris l'air inspiré (c'est un prof, alors, normal, il faut qu'il se la joue un peu). Puis a répondu :

– Eh bien, la question n'est pas simple, car la tradition rapporte diverses versions du martyre de saint Érasme.

Il ne connaissait pas la réponse, c'était évident. Il cherchait juste à gagner du temps et à enfumer le jury. N'empêche, il avait l'air super à l'aise. Se tournant vers nous, il a poursuivi :

– Selon certaines sources, saint Érasme a été plongé dans un bain bouillant, puis enfermé dans une coque de métal brûlant. Mais, comme il a survécu à cette torture, on l'a jeté dans un tonneau percé de pointes acérées, qu'on a fait rouler du haut d'une montagne.

Beurk ! Total gore !

Mais ce n'était pas fini :

– On raconte aussi, a repris Cyril, que des soldats ont arraché les dents de saint Érasme avant de lui crever les yeux et de le rôtir sur un gril.

Devant moi, j'ai vu Théo et Zeynep pâlir. Très content de lui, Cyril en a rajouté une couche :

– Cependant, dans les tableaux religieux, saint Érasme est représenté le plus souvent éviscéré.

Silence général. Cyril Lanvin a fait durer le suspense avant de livrer l'explication :

– Éviscérer, c'est enlever les viscères. Autrement dit, on a ouvert le ventre d'Érasme encore vivant, on lui a retiré les intestins et on les a enroulés autour d'une sorte de poulie.

Avec Katia, on s'est regardés en pensant : il est fou, il raconte n'importe quoi, il regarde trop de films d'horreur… Mais non : « Réponse exacte ! » a annoncé le jury.

Il y a eu deux secondes de silence (juste troublé par un râle au troisième rang, du côté de l'équipe B) et, réalisant enfin qu'on avait gagné, toute la classe s'est mise à hurler, trépigner, sauter en l'air.

Bref, le répertoire classique pour exprimer sa joie. Katia et moi, on a choisi les embrassades et j'en ai profité pour réviser le *French kiss* que, je dois avouer, je ne maîtrise pas encore parfaitement.

Quand j'ai repris ma respiration, après dix-huit secondes en apnée, j'ai aperçu Mme Croazic qui s'entraînait elle aussi avec Cyril. Elle s'accrochait à son cou et le serrait contre elle. J'allais me précipiter pour sauver l'honneur familial, mais Cyril a réussi sans mon aide à repousser victorieusement les assauts de sa collègue.

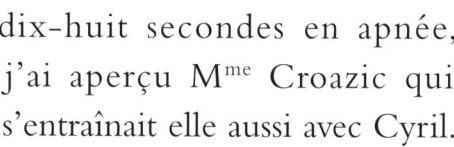

Une fois rassuré sur la fidélité de mon futur beau-frère, je me suis mêlé aux autres pour fêter notre victoire, et je peux dire qu'on l'a fêtée dignement (et très, très bruyamment).

Chapitre 11

Bon, je ne vais pas écrire un pavé, comme les bouquins que Mme Croazic nous a forcés à lire.

De toute façon, l'histoire est terminée. Enfin, j'espère : on a gagné ce tournoi stupide, Mme Croazic est contente et Cyril fier de lui. Quant à nous, on prépare les vacances. C'est l'objectif numéro un du troisième trimestre, non ?

Bref, on pourrait tourner la page pour de bon. Sauf qu'on attend encore la « surprise ». Oui, on ne sait toujours pas quel prix on a gagné. Après le GRAND TOURNOI de lecture, chacun a reçu un sac de produits ANIVAL *(la santé de l'animal)*. Moi, j'ai eu droit à un paquet de trois kilos de croquettes « spécial doberman ». Je l'offrirai à mon frère pour son anniversaire. Mais ça, c'était juste « en souvenir », comme a dit Isabelle en distribuant son lot à chaque participant (aux perdants aussi). On a eu droit aussi à un diplôme de « chevalier combattant pour la lecture », une espèce de faux parchemin même pas bon à tapisser les toilettes.

Quant au vrai prix, on attend toujours.

– Vous verrez, vous verrez ! nous dit Mme Croazic à chaque cours (alors que personne ne lui demande rien). C'est une SURPRISE !

On n'est pas tranquilles, car une surprise de prof, c'est forcément une MAUVAISE surprise. Moi je parie sur une pile de livres à lire OBLIGATOIREMENT pour les vacances. Théo penche pour un séjour forcé de trois semaines dans une bibliothèque et Coralie pour un atelier d'écriture dans un abattoir désaffecté. Katia s'en fiche royalement, tant qu'elle a un Agatha Christie en poche.

Alors, quand on va au cours de français, c'est avec un petit pincement au cœur : quelle « surprise » nous attend ?

Voilà, c'est arrivé. C'est bien ce que je redoutais : j'ai encore deux pages à écrire et j'espère qu'ensuite, j'en aurai fini pour de bon avec la littérature...

Ce matin, quand Mme Croazic nous a fait entrer en classe, les tables avaient été repoussées et les chaises disposées face au tableau. À la place de son bureau, la prof avait installé deux fauteuils et une table basse. Elle avait aussi adopté un look spécial : bijoux, maquillage et robe à fleurs, style feuilleton américain années 90.

– Qu'est-ce qui se passe ? a demandé Zeynep.

– C'est la SURPRISE ! La SURPRISE ! a annoncé Mme Croazic, surexcitée. Prenez place, les enfants, je vous prie, prenez place. Vous allez vivre un moment EXTRAORDINAIRE ! Absolument EXTRAORDINAIRE !

Méfiants, on a pris place en se disputant les chaises du fond.

– Dépêchez-vous, s'il vous plaît, les enfants, dépêchez-vous ! rabâchait Mme Croazic en agitant les mains comme si elle voulait chasser des moustiques. Vite, vite, la SURPRISE vous attend.

Est-ce qu'elle avait bu ? Elle n'était pas dans son état normal, en tout cas. Au bout de cinq minutes, un calme relatif s'est instauré. Debout sur la pointe des pieds, les mains jointes sur la poitrine, Mme Croazic a annoncé bien fort en regardant la porte :

– Et voici la SURPRISE annoncée !

Un moment de silence. Rien ne s'est passé. On s'est regardés, de plus en plus inquiets pour la santé mentale de la prof. Les yeux fixés sur la porte, elle semblait désespérée. Gonflant ses poumons, elle a répété le plus fort possible :

– La SURPRISE !

La poignée de la porte s'est abaissée. Suspense intolérable. La porte s'est entrouverte, puis ouverte complètement, et un type est apparu. La cinquantaine, le crâne dégarni, pas très grand, un peu gros, habillé quelconque d'un jean et d'une veste grise avachie, un cartable en cuir à la main.

– Chouette, un remplaçant, a dit Roméo.

– Mais non, c'est l'inspecteur. (Zeynep.)

– Impossible, il a pas de cravate ! (Coralie.)

– C'est un représentant pour des cahiers de vacances. (Camilla.)

Etc. Mme Croazic s'est époumonée :

– Voyons, les enfants, c'est la SURPRISE ! La SURPRISE ! J'ai l'immense JOIE, l'immense HONNEUR de vous présenter Stéphane Hautiquet, l'auteur de *Si mon cœur chante…* ce magnifique livre que vous avez tant aimé… Grâce à votre victoire au TOURNOI de lecture et grâce au soutien financier d'Anival *(La Santé*

de l'animal), nous avons l'IN-COM-MEN-SU-RA-BLE plaisir de recevoir M. Hautiquet.

Elle a fait une pause pour nous permettre d'exprimer notre enthousiasme débordant, mais n'a recueilli que quelques « oh », « ah », « ben ça alors » désabusés.

– M. Hautiquet a accepté gentiment de venir en invité SURPRISE, bien que d'ordinaire une rencontre avec un écrivain se prépare longtemps à l'avance. Comme vous connaissez son livre dans les moindres détails, je suis sûre que vous aurez de nombreuses questions spontanées à lui poser…

M. Hautiquet nous a regardés avec un petit sourire satisfait.

– La première question est toujours la plus difficile, je sais, mais n'ayez pas…

– Pourquoi vous écrivez des livres ? l'a interrompu Théo sans même lever le doigt. C'est pas juste !

– Pas juste ? Et pourquoi ?… a bredouillé l'écrivain.

– Ben, parce que après on nous force à les lire ! s'est indigné Théo. Et à faire des fiches de lecture !

– Je… a tenté de répondre Stéphane Hautiquet.

Mais il a été aussitôt bombardé de questions.

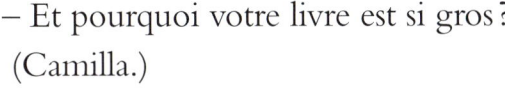

– Et pourquoi votre livre est si gros ? (Camilla.)

– Vous ne pourriez pas écrire des histoires avec du suspense ? (Coralie.)

– C'est quoi votre marque de dentifrice ? (Roméo.)

– Vous pourriez nous faire une démonstration de *French kiss* avec Mme Croazic ? (Moi.)

Pas sûr qu'il ait entendu ma question dans le brouhaha général. En tout cas, il n'y a pas répondu, pas plus qu'aux autres. Quand le calme est revenu, il s'est lancé dans un monologue interminable :

– J'écris parce que je ne peux faire autrement… blablabla… poussé par une obligation intérieure…

blablabla… le rôle de l'artiste dans la société… blablabla… le travail de l'écriture… blablabla…

Mme Croazic était aux anges. Elle buvait à la paille les paroles de l'écrivain et hochait la tête comme un lapin mécanique. Il a bien fallu qu'on trouve d'autres occupations pour tuer le temps :

– Oleg et Camilla se sont lancés dans une bataille navale ;

– Émilien s'est préparé un sandwich jambon-camembert-Nutella ;

– Coralie et quelques autres ont improvisé une partie de volley-ball avec une boule de papier.

Quant à moi, j'ai proposé à Katia de perfectionner notre technique du *French kiss*, mais elle était plongée dans une nouvelle enquête d'Hercule Poirot. Comme j'insistais, elle a sorti un autre livre de son sac.

– Tiens, lis ça, m'a-t-elle dit.

Ça s'appelait *Ça, c'est un baiser*, d'un certain Philippe Djian. Alors, j'ai laissé M. Hautiquet radoter et j'ai commencé à lire.

En cachette, bien sûr, pour ne pas me faire punir par la prof.

Ok, je sais : mon histoire ne se termine pas vraiment. Mais je ne peux pas raconter la suite de la rencontre avec l'écrivain. Je n'y ai pas assisté. J'étais ailleurs, dans mon bouquin. Très bien. C'était aussi l'avis de Katia quand je lui ai prouvé mes progrès en *French kiss*.

© 2014 Éditions Milan
300, rue Léon-Joulin,
31101 Toulouse Cedex 9 – France
Loi 49.956 du 16.07.1949
sur les publications destinées
à la jeunesse.
Dépôt légal : 3e trimestre 2014
ISBN : 978-2-7459-6275-1
www.editionsmilan.com
Imprimé en France par Pollina - L69341B

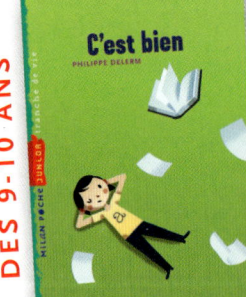